ANJO ALICE

Editora Appris Ltda.
1.ª Edição - Copyright© 2023 dos autores
Direitos de Edição Reservados à Editora Appris Ltda.

Nenhuma parte desta obra poderá ser utilizada indevidamente, sem estar de acordo com a Lei nº 9.610/98. Se incorreções forem encontradas, serão de exclusiva responsabilidade de seus organizadores. Foi realizado o Depósito Legal na Fundação Biblioteca Nacional, de acordo com as Leis n°s 10.994, de 14/12/2004, e 12.192, de 14/01/2010.

Catalogação na Fonte
Elaborado por: Josefina A. S. Guedes
Bibliotecária CRB 9/870

C837a
2023
	Costa, José Maria Azevedo
	    Anjo Alice / José Maria Azevedo Costa. – 1. ed. – Curitiba : Appris, 2023.
	    73 p. ; 21 cm.
	
	    ISBN 978-65-250-4961-8
	
	    1. Ficção brasileira. 2. Mitologia. 3. Guajará, Baía de (PA). I. Título.
	
	                                                           CDD – B869.3

Livro de acordo com a normalização técnica da ABNT

Appris editora

Editora e Livraria Appris Ltda.
Av. Manoel Ribas, 2265 – Mercês
Curitiba/PR – CEP: 80810-002
Tel. (41) 3156 - 4731
www.editoraappris.com.br

Printed in Brazil
Impresso no Brasil

ANJO ALICE

José Maria Azevedo Costa

FICHA TÉCNICA

EDITORIAL	Augusto V. de A. Coelho
	Sara C. de Andrade Coelho
COMITÊ EDITORIAL	Marli Caetano
	Andréa Barbosa Gouveia - UFPR
	Edmeire C. Pereira - UFPR
	Iraneide da Silva - UFC
	Jacques de Lima Ferreira - UP
SUPERVISOR DA PRODUÇÃO	Renata Cristina Lopes Miccelli
ASSESSORIA EDITORIAL	Nicolas da Silva Alves
REVISÃO	Samuel do Prado Donato
PRODUÇÃO EDITORIAL	Sabrina Costa da Silva
DIAGRAMAÇÃO	Yaidiris Torres Roche
CAPA	Eneo Lage
REVISÃO DE PROVA	Jibril Keddeh

APRESENTAÇÃO

As ocorrências podem ser vistas por diversos ângulos e assimiladas, ou até solucionadas, por diversos meios e métodos: político, ideológico, científico, pelo xamanismo etc.

As ocorrências deste escrito ocorreram na Ilha Grande de Açaiteua, especificamente na Fazenda Joanes. Indo pela Vila de Bacurizal e pelas águas da Baía de Guajará, chegam até Belém do Pará.

Vão do real à ficção, da ficção ao real.

São faces diversas de um povo diverso.

PREFÁCIO

Milladoiro é palavra que, em galego — penúltima flor do Lácio — significa um montículo de pedras ou seixos com que os peregrinos das várias rotas do Caminho de Santiago, ao longo de anos e séculos, assinalam sua passagem pelas trilhas, ajudando os peregrinos seguintes a encontrar o rumo de Santiago de Compostela. Em alguns, as pedras e os seixos são caprichosamente equilibrados por sucessivos peregrinos, até que um deles, inadvertidamente, derrube algumas pedras. Mas isso serve para alargar a base do milladoiro, que segue crescendo para o alto, sempre buscando o equilíbrio. Em um trecho do Caminho Francês, tem um igarapé onde um artista fez uma instalação que, basicamente, são vários milladoiros armados com bem polidas pedras de rio.

José Maria Azevedo Costa também faz milladoiros, só que, em vez de pedras, ele empilha livros e escritos vários, de todos os gêneros e para todos os gostos. As pedras ele recolheu ao longo da vida que, transformadas em livros — mais de uma dezena, entre publicados e inéditos — e textos, formam um milladoiro literário.

Um desses livros é o agora prefaciado, *Anjo Alice*, um romance já publicado, que agora ganha uma nova edição. José Maria Azevedo Costa é homem de coragem, pois, para escrever e publicar livros, é preciso ter coragem, que nunca lhe faltou desde que nasceu em Santa Izabel do Pará e sempre o acompanhou em suas mudanças — a primeira delas para Castanhal/PA, onde vive até hoje — e andanças, que inclui passagem pelo oeste do Pará. Dele mais poderia dizer, mas para prefácio é suficiente o que já foi dito. Sobre ele tem mais informações na orelha do livro (pelo menos tem no exemplar que ele me ofereceu durante a confraternização natalina da Academia Castanhalense de Letras, que ele ajudou a fundar).

Por ser prefácio, não devo adiantar muito do conteúdo do

romance, apenas o suficiente para servir ao propósito de espicaçar os leitores. Por isso, limito-me a dizer que *Anjo Alice* começa na mitologia dos povos do norte desta nossa América, de hurões a iroqueses, e termina na mitologia da grande ilha de Marajó, com seus xamãs, pajés, caruás e caruanas. Nesse universo se movem quinze personagens, realistas e fantásticos, como na melhor tradição latino-americana.

Mais não digo, para não ir além do que deve ter e ser um prefácio.

Mas digo: se chegaram até o final deste prefácio, sigam em frente porque vale a pena, pois sei que quem aqui chegou, não tem alma pequena.

Ananindeua/PA, Natal de 2022.

JOSÉ M. Q. DE ALENCAR
Jurista e membro da Academia Brasileira de Direito do Trabalho

SUMÁRIO

PREÂMBULO 10

1
Mythologia dos selvagens da América 10

2
PALCO E PANO DE FUNDO 14

3
ANALOGIAS 16

4
Eu estava fazendo o parto de minha filha, da minha primeira neta. Fantástico! 18

5
Somos diversos no bioma, no ecossistema, bem como na fauna e flora, e isso nos deixa próximo da Arca de Noé 30

6
Vejo como se o pato fosse a sua oferenda ao Divino no "almoço do Círio", não obstante o aspecto profano, é isso mesmo, como se fosse a celebração dessa oferenda ocorrendo na mesa onde almoçamos no dia do Círio, como se a mesa fosse o altar da celebração da oferta para o Divino, acho isso o máximo! 36

7
Na minha concepção, as grandes barreiras que impediram eles de avançarem mais pelas trilhas da cumplicidade, que os levaria a uma felicidade maior, foi a personalidade forte e relutante da Mariana com suas deliberações, e o patriarcalismo antropológico do Paulão Barreto 42

SUMÁRIO

8
Não, vó, eu é que fiquei assustada, e não era para menos! Aquele pajé que eu nunca tinha visto e em uma praia que também nunca tinha ouvido falar e que, depois, a senhora disse que não existe na Ilha Grande de Açaiteua, em uma noite de lua cheia, eu ainda estou assustada! 50

9
A partir de agora, parida ou não parida, amojada ou não amojada, só chame essa vaca de "Água Benta"..56

10
Raquel, você não conseguiu dimensionar a personalidade da Mariana, se ela saiu viva do episódio ela não cedeu, mas as consequências foram drásticas .58

11
Eu, em nenhum momento, cheguei a nenhuma conclusão se ela é filha de algum ente das águas, ou do meu avô ou mesmo do boto como inicialmente falaram, quando a minha avó voltou de Belém, no período do pré-natal da minha mãe 66

PERSONAGENS 68

BIOGRAFIA DO ESCRITOR JOSÉ MARIA AZEVEDO COSTA 69

OBRAS 71

PREÂMBULO

1
Mythologia dos selvagens da América

As crenças religiosas das tribos selvagens da América na época em que os Europeus a descobriram, tinham o cunho da barbárie. Hoje, porém, já não existem, senão em um limitado número de tribos, que desaparecem diariamente. Grande parte dos selvagens das Américas setentrional reconheciam um ser *supremo*, que apelidavam de Manitú — espírito — e, que muitas vezes, confundiam com o sol.

Além desta, ainda admitiam muitas outras divindades inferiores, classificadas em benfazejas e malfazejas e, algumas tribos as chamavam Manitús, fazendo, porém, proceder este nome de um epíteto qualquer.

Os manitús ordinários são verdadeiros ídolos, como: árvores, cães, pedras, serpentes etc.

As práticas do culto religioso destes povos consistiam, principalmente, em atos de feitiçaria e magia, praticados por seus pajés. Sua crença primordial dizia respeito à natureza e ao destino da alma, que consideravam como uma sombra, que sobreviveria ao corpo e iria habitar o país dos *antepassados ou espíritos*. Aí nesse país invisível, cheio de florestas abundantes de caça, onde reinava uma contínua primavera, os mortos reviviam para gozar, sem trabalhos e penas, dos bens da vida. Tinham sempre o cuidado de enterrar com os mortos suas armas, peles, vestidos, utensílios, e demais objetos preciosos à vida. Outras tribos, quando sucedia falecer alguns dos seus chefes, matavam certo número de suas mulheres e escravas, e as enterravam conjuntamente com ele, para que pudesse entrar na outra vida com um séquito digno da sua pessoa e categoria.

Esses mesmos selvagens reconheciam a existência da alma, tanto nos seres animados como nos inanimados.

As noções que possuímos respeito da diversidade de suas crenças religiosas são devidas, pela maior parte, senão unicamente, às informações dos missionários. Apenas daremos os nomes de algumas divindades dos índios *Iroquezes*, que são, a bem dizer, comuns com as dos Hurões.

Garonhia (ar, céu, rei do céu) é a divindade suprema. Ainda lhe dão três diferentes nomes, a saber:

Saronbnatá, rei que está no céu;

Taronhiaúgon, aquele que sustenta o sol por todos os lados, e

Haracuanhenton, ele suspende o sol.

Os okiziks são espíritos guardadores, bons e maus, e dos quais um, pelo menos, anda sempre ligado a cada indivíduo.

Matkomak, é o Deus do inverno.

Agolkons, são os espíritos de segunda ordem e, também os pajés que se ocupavam em predizer o futuro.

Uahique, gênio que inspirava os pajés, e lhes revelava o futuro.

Ondtkonsana, espíritos e gênios subalternos, cujo número era infinito, pois cada objeto, cada fenômeno físico, era governado por um deles.

Oiarú, ídolo escolhido por cada gentio *Iroquez*, depois de lhe haver aparecido em sonhos. Quase sempre era um traste, um cachimbo grande, um animal, uma pele de urso, ou outro objeto semelhante.

Ataentsic era, segundo os *Hurões*, mãe do gênero humano, pois deu à luz a um filho, do qual nasceu *Tharoniaúgon*, o supremo Deus, o Deus do bem. A mesma *Ataentsic* era considerada como essencialmente malfazeja, e por ter sido expulsa do céu, por causa da sua malvadeza, preside à morte e é a rainha dos males. A ela pertencia tudo quanto se enterrava com os mortos. Deviam ainda, os *Hurões*, diverti-la com danças, que formavam a única bem-aventurança das almas.

Ainda que fosse já objeto de renhida controvérsia, existe, contudo, tribos na América entre as quais não foi possível descobrir-se sinais de religião. O testemunho do Pe. Ribas não pôde deixar dúvidas sobre semelhante ponto. Depois de continuada estada entre os habitantes de *Cinaloa*, no México, declarou que, não obstante ter feito a mais curada observação sobre tal assunto, viera no conhecimento de que os mesmos habitantes não tinham o menor conhecimento de Deus, nem mesmo de alguma falsa divindade... e que nunca se reuniram em público para pôr em prática qualquer ato religioso.

Tradução por – G-

PALCO E PANO DE FUNDO

2

As ocorrências podem ser vistas por diversos ângulos e, assimiladas, ou até solucionadas, por diversos meios e métodos: político, ideológico, científico, pelo xamanismo etc.

As ocorrências deste romance se sucederam na Ilha Grande de Açaiteua, especificamente na Fazenda Joanes. Indo pela Vila de Bacurizal, e pelas águas da Baía de Guajará chegam até Belém do Pará.

Vão do real à ficção, da ficção ao real.

São faces diversas de um povo diverso.

Faces diversas de um povo amazônico, inclusive a mitológica, porém faces em construção, tanto que são parcas as ocorrências literárias referentes que os fundamentem.

Havendo registros pretéritos que os fundamentem, ou que sejam semelhantes a estes e, tais quais, ocorridos em um palco, ora mítico, ora não, também são verdadeiros, tanto quanto.

O pano de fundo é construído com os aspectos antropológicos de um povo, com todos os seus vícios e virtudes, e dando consistência a esse tecido existe uma acentuada miscigenação e dimensionado sincretismo religioso, tudo em um meio geográfico típico, e muitos procederes atípicos.

Os personagens são criaturas ingênuas, outras nem tanto. Umas sábias, outras nem tanto, porém na maioria absoluta são capazes de viver no seu característico e inóspito ambiente, formando um universo de muitas criaturas felizes, outras nem tanto, sendo que muitas dessas criaturas, por serem míticas, transitam em águas rasas, outras em águas profundas.

A água é o elemento formador de todas as trilhas, independente da profundidade.

Sempre, sempre, o caminho é a água!

ANALOGIAS

3

No primeiro texto vemos relatos da mitologia referente aos povos Pré-Colombianos da América Setentrional que, como a mitologia grega, também tem semideuses, e também tem criatura de proteção individual para cada terrestre, semelhante ao Anjo da Guarda do Catolicismo.

É uma temática para considerações ciclópicas, que nos absteremos, mas se no primeiro texto as considerações são de povos Pré-Colombianos da América Setentrional, nos seguintes, na construção/composição do Romance *ANJO ALICE*, transitamos por Belém do Pará, peregrinamos no Círio de Nossa Senhora de Nazaré e navegamos pela Baía de Guajará, portanto são relatos de ocorrências da América Meridional, não de povos Pré-Colombianos, como no primeiro texto, mas de ascendentes próximos dos povos existentes, aqui, antes da invasão europeia, e obviamente todos, como seus ancestrais, crédulos nas formações e conceitos mitológicos.

4

Eu estava fazendo o parto de minha filha, da minha primeira neta. Fantástico!

— Bisturi.

— Foi um momento único, mágico. E, após os ocorridos, analisando e refletindo sobre os meus procederes, em mim se tornou irreversível a convicção de que, como cirurgiã, tinha que ser "fria e calculista", tranquila, que no ato cirúrgico, teria que ser isenta de emoções, mesmo que esse estado emotivo fosse de difícil alcance, e muito além de tudo isso, como eu já tinha concebido que, como cirurgiã, teria de ter a precisão de um exímio relojoeiro, o mais eficiente e preciso entre todos e, muito mais que isso, como já afirmei, com o agravante necessário de isentar-me de emoções, quase um monstro de imparcialidade. Sem emoção, mas com muita precisão: monstro e anjo.

Foi um momento mágico, único, de muitas lembranças e muitos vislumbres e foi um despertar quando o anestesista, Doutor José Claudio, pronunciou com seu timbre grave e de forma impessoal: paciente pronta!

Foi o início daquele momento mágico.

Bisturi.

Momento único!

Para o anestesiologista, na sua função, como os demais componentes da equipe do bloco cirúrgico, era a prática diária, habitual, só era mais um ato cirúrgico com todas suas rotinas e rituais. Toda equipe estava ao meu lado, bem ao meu lado, mas eu estava muito longe deles, bem ao lado da paciente, eu estava bem ao lado, mas longe, muito longe da minha filha. No universo do ato cirúrgico, isso não é recomendável, os procedimentos não bem funcionam assim, pois são atos de manter a vida, atos de dimensões imensuráveis, que necessitam de imensa consistência, precisão e rigidez no agir, que não cabem sequer um pensamento de mundos exteriores, quase sempre o ato cirúrgico é uma ocorrência, que embora ocorra em diversos níveis de complexidade, indo do mais simples ao mais complexo, mesmo o mais simples, sempre é um procedimento de risco, como já disse, mesmo que seja de maior, ou de menor complexidade, até pode ocorrer o ponto final de uma vida ou o limiar de uma nova vida, como foi no ato que estou me referindo, é imprescindível, sim, que seja formatado pela precisão, pois quase sempre não existe um segundo fazer, é um fazer único em espaço e tempos milimétricos, fazeres únicos, em momentos únicos, sem tempo-espaço para emoção, mas eu estava dominada pela emoção, e isso não é recomendável em um ato cirúrgico, que é um fazer exclusivo em um determinado momento, em um mundo exclusivo, e assim o Doutor José Claudio e toda equipe procediam: imbuídos no universo do ato cirúrgico, eu não!

Eu estava fazendo o parto na minha filha, da minha primeira neta. Fantástico!

A doutora Tereza, com suas reminiscências, quando é surpreendida pela sua neta Raquel.

— Vovó, a senhora está chorando?

— Não, Raquel, não estou chorando. Estou vendo, estou revivendo um momento maravilhoso. E, já são mais de vinte anos que esse momento tão mágico e tão cheio de significados ocorreu. Era como se esse momento fosse uma das grandes razões para justificar o eu ser médica, como se tivesse sido o ápice da razão do meu ofício, pois nos anos seguintes, aos poucos, fui deixando as salas de cirurgia e fui me restabelecendo nestas terras onde nasci, mas que quase não nasci, nas terras onde me criei, mas quase não me criei.

— Não entendo, vovó Tereza, a senhora, após alguns anos de estudos e trabalho em Belém, há uns vinte anos, voltou a frequentar com mais assiduidade esta propriedade, até vir a fixar residência definitivamente, e a senhora disse agora que nasceu aqui, mas quase não nasceu, que viveu aqui, mas quase não viveu.

A doutora Tereza, enxugando as lágrimas que denunciavam seu estado emotivo, e ao mesmo tempo acariciando os cabelos da sua neta, Raquel, que estava ao seu lado, sentada na relva, ao tentar continuar as suas reminiscências, foi interrompida pela Senhora Alice:

— Tereza, Raquel, o lanche está servido, entrem para lanchar.

Era uma imensa casa construída há muitos anos, pelos ancestrais dos atuais viventes, e reconstruída nos mais diversos aspectos, mas nunca descaracterizada, toda avarandada e precedida de um imenso bosque que lhe fornecia aprazível sombra. As duas, avó e neta, para lanchar, ficaram na sala de refeições, que como os outros compartimentos tinha um assoalho de longas, largas e brilhosas tábuas entremeadas de pau amarelo e acapu, com largas portas de cada lado, que iniciava em grandes avarandados, cheios de samambaias e alguns vasos com tajá, cadeiras de balanço e armadores para redes. As outras entradas da sala de refeições era a porta que vinha da sala de visitas e a outra que se polarizava com essa, dando início ao longo corredor com sua sequência de quartos, que terminava em outra sala de estar e de refeições, maior que a primeira, e que confluía com a imensa cozinha com três fogões e um forno: um moderníssimo fogão a gás, um fogão à carvão e um rústico fogão e forno à lenha.

A doutora Tereza e a neta Raquel, gozando do edênico cenário de verdes campos naturais, onde animais pastavam mansamente para logo ruminarem, pois a noite se aproximava, degustaram o lanche da tarde. Era a semana entre o Natal e Ano Novo, muitas recordações, acentuadas pelos diversos retratos ao longo das paredes da grande sala.

— Obrigado pelo saboroso chá, Anjo Alice, e muito mais obrigado por essas deliciosas e crocantes broas, verdadeiramente você é um anjo, é o meu anjo!

Era a doutora Tereza se desmanchando em elogios e agradecimentos para sua amiga de todas as eras e carinhos recíprocos.

— Raquel, esses sabores aqui servidos não existem em outro lugar, são únicos por serem temperados com a bondade, gratidão, solidariedade e disponibilidade da Alice, ela é uma pessoa maravilhosa, espetacular. Ela, como eu, nasceu nesta casa de muitas eras e histórias vividas, histórias de vida e histórias de morte. Ela nasceu para viver e viveu e vive feliz, ela é uma mulher feliz! Eu nasci para logo morrer, mas não morri, muito já vivi e também sou feliz. E assim vivemos até hoje, e essa é a grande semelhança e a grande diferença entre nós. Uma nasceu para viver, a outra nasceu para logo morrer e lá vão mais de sessenta anos, ambas vivemos, vivemos sob o mesmo teto que nascemos e o que é importante: somos felizes!

— Vovó, todos nós nascemos para viver, como também para morrer. Quem nasce um dia morrerá, verdade? Como é que a senhora está enfatizando tanto que a Anjo Alice, como a Senhora chama a Tia Alice, nasceu para viver, óbvio, todos nós nascemos para viver, não só a Tia Alice, como também, todos nós um dia morreremos, e a Senhora está enfatizando tanto que nasceu para logo morrer. Eu não sabia desse aspecto da sua vida, por que esse nascer para logo morrer, a Senhora nasceu com alguma doença grave?

— Óbvio, óbvio que todos nós nascemos e um dia morreremos, querida Raquel, mas as nossas histórias, minha e da Anjo Alice, são antagônicas, tanto que uma é simbolizada pela vida e a outra pela morte.

— Credo, Vovó, a senhora está sendo muito trágica, não conhecia este seu lado!

— Não, não, querida. Não, querida Raquel, não estou sendo trágica, apenas estou lembrando de tragédias, umas que se consumaram, outras que embora anunciadas não se consumaram, ao menos totalmente. Assim não tenho como não falar de tragédias envolvendo vidas e mortes e não ser trágica, assim seria banalizar essas ocorrências. Mas estamos nesta aprazível sala, saboreando essas delícias, com a visão espetacular desses campos, vamos esquecer essas coisas passadas que não são agradáveis de relembrar.

— Não, não, Vovó, quero saber. Afinal, não é só a sua história, é a história da Tia Alice, e também é a história da minha família, da minha vida, é a história do meio que formou o meu imaginário, e são feitos e componentes da minha herança antropológica, preciso saber, necessito colocar luzes nesses compartimentos, nesses sótãos da minha história, da minha vida, necessito saber, conhecer todos os lados da minha vida.

Sei que essas paredes escutaram e presenciaram essas histórias de vida e de morte, como a senhora enfatiza, da história da nossa família. Sei que são apenas paredes, seres inanimados, paredes compostas de muitos tijolos, apenas tijolos que não escolheram em qual parede seriam fixados, apenas tijolos, uns na sala, outros na alcova, outros nos outros diversos compartimentos....Tijolos, apenas tijolos, uns viram chegadas, outros viram partidas, uns viram pessoas nascerem, outros viram pessoas morrerem, mesmo assim são apenas tijolos que, separados, não passam de pequenas e frágeis pedras, porém, quando juntos, formam rígidas paredes que guardam e protegem tantas coisas, inclusive vidas. Juntos já não são tijolos, são rígidas paredes, muralhas, e como diz o dito popular "paredes tem ouvidos", até podem ter, mas não falam. Elas não, seus viventes sim, e a senhora fala, a tia Alice fala, o Tio Apolônio fala, graças a Deus todos na nossa família falam, nenhum tem deficiência quanto ao ato de falar. E todos são os elementos vivos da história da nossa família, da minha família, são cúmplices de um bem viver que eu sempre presenciei. A Tia Alice deve saber tanto quanto a senhora o porquê que a senhora nasceu para logo morrer e ela nasceu para viver. Vocês foram crianças contemporaneamente. Alguns fatos da vida de uma a outra não presenciou ou não lembra devido na época serem bebês, mas tomaram conhecimento do ocorrido pretérito pela oralidade, pelas falas em família. Então, vovó, não quero ouvir coisas importantes da história da minha família por "falas das paredes". Quero ouvir da senhora, pois, pelo que lhe conheço, a senhora não consegue ser apenas espectadora, sempre a senhora é protagonista das ocorrências da sua vida, assim sabe muito bem porque a senhora nasceu para logo morrer. Por quê? E essa significante parte da história da nossa família quero ouvir da senhora, que é protagonista, há muito tempo da história, da minha história, da construção do meu ser antropológico.

— Querida, é verdade que as paredes têm ouvidos e essas, dessa imensa sala, ouvem e falam, contam nossa história, a história da nossa família, são tantos retratos, e cada retrato é um membro da família, uma pessoa, e cada pessoa muitas histórias, histórias de vida e histórias de morte, como é o meu caso.

No caso da Fátima de Nazaré, existe um paradoxo que é uma história de morte que leva a história de sua vida.

A mãe da Fátima de Nazaré era a Carmelina e o pai era o Capataz Pedro, ambos aqui nasceram, aqui viveram, aqui morreram, tudo conforme às leis da Fazenda Joanes. A Carmelina era pessoa de alma límpida, como a Fátima de Nazaré, devota de Nossa Senhora de Nazaré e de Nossa Senhora de Fátima, praticante de muitas rezas e tantas novenas, e muitas chulas que aprendeu com a sua mãe, isso desde a adolescência, e com imenso desejo de santificação na castidade. Mas era uma cabocla, com poucos familiares, sem bem saber ler e escrever. Seus horizontes eram limitados, só lhe restava viver aqui na fazenda e segundo as leis da fazenda, suas fronteiras eram as fronteiras da fazenda, ou seja, as mesmas fronteiras da razão econômica da propriedade, o gado, poucas vezes as ultrapassou, era uma criatura com poucos ir em toda sua vida.

A minha infância foi toda povoada pela Carmelina e pela Anjo Alice, sempre quando eu estava aqui na Fazenda Joanes, elas estavam comigo, quando eu ia à Bacurizal, a Carmelina sempre ia comigo, essas eram umas das poucas idas na sua vida, que rompia as fronteiras da Fazenda Joanes.

Cabocla pura, contemplativa, a Carmelina não conseguia ir à Bacurizal sem entrar na pequena igreja e fazer suas orações. O prédio da igreja, na época, não era igual ao de hoje, era apenas uma pequena casinha pintada de cal, mas para a Carmelina era um imenso castelo que ela ansiava adentrar, e sempre ficava o máximo que podia, em suas orações.

— Vó, aquele retrato ao lado do retrato da sua avó, minha trisavó, Maria de Jesus, é a Carmelina? Interessante que ela não é propriamente da nossa família, digo da linhagem familiar, não descende, nem ascende, igual a Anjo Alice, mas está bem ao lado da minha trisavó, da sua avó.

— Querida Raquel, o laço familiar é insolúvel, é muito forte, mas existem muitas formas de se construir esses laços. Existem vários procederes para se adicionar ou se subtrair um componente de um grupo familiar, e esse subtrair só é fisicamente, porque esse elemento subtraído continuará na família, mesmo que seja só no aspecto histórico, isso considerando que esse componente foi elemento de um fato ocorrido, e fato ocorrido sempre será um fato, a história não aceita "mata borrão", o laço familiar é indelével. E esse somar ou subtrair são procederes fortes, marcantes. Um ato de amor é um dos artifícios na construção desses laços, bem como existem tantos outros artifícios pata tal, como um ato de estupidez, brutalidade, violência, óbvio que os efeitos sempre divergem, e sempre são matizados pelo fato causa.

E esse retrato está aí por um desejo e, muito mais, uma determinação, imposição da minha avó, Maria de Jesus, que o meu avô, Manoelito Boiadeiro, acatou muito a contragosto, mas acatou, e isso foi feito com elas ainda vivas, e ele sabia e nós sabemos que, mesmo que a ordenadora já esteja falecida, não podemos tirar esse retrato dessa ordem, sempre esses retratos ficarão um ao lado do outro, é como se fosse uma determinação transcendental!

Pois bem, a Carmelina não era propriamente uma beata, era sim, conforme ouvi nas falas da família, uma meiga, tácita e formosa jovem cabocla nativa desta Ilha Grande de Açaiteu, sobretudo bonita, muito bonita e muito favorecida nos seus dotes físicos como dá para perceber no retrato. Digo que ela não era uma beata, porque sempre afirmam que ela era muito mais, particularmente quando se aplica esse termo no aspecto de uma pessoa que só se dedica às orações e outras práticas religiosas, mas vivendo fora da sua realidade do cotidiano. A Carmelina era mais que isso, a sua maior oração, a sua maior prática religiosa era a sua própria vida, seu agir, em cada momento, todo seu proceder era solidário, igual a Anjo Alice. E existem muitos relatos nesse sentido, inclusive de que, nos poucos momentos que ela conseguia se desvencilhar dos afazeres domésticos, ela cultivava pequenos roçados de mandioca e milho, e um pequeno pomar e o resultado desse trabalho extra, que inclusive dedicava todo seu horário vespertino nos dias de domingo, era totalmente doado para pessoas muito necessitadas. Ela plantava, cultivava e colhia produtos de excelente qualidade, para doar, exclusivamente para doar. A sua vida já era uma oração. Ela sempre era solidária. E, ao lado dessa área cultivada, também plantava algumas espécies chamadas "plantas medicinais". Esse pomar e essas plantas que a Fátima de Nazaré cultiva, foi iniciado pela sua mãe, Carmelina, que como a Alice hoje faz, ela também usava essas plantas para rezar nas pessoas, que poderia ser para amenizar ou vitalizar sentimentos e efeitos dolorosos de diversas patologias, ou mesmo recomendava, algumas espécies, para fazerem chá para curar diversas moléstias.

A oração era a sua prática de agir, de fazer as mínimas coisas e esse fazer sempre era para o bem do próximo.

Um detalhe que lembro bem da minha infância era que o meu avô, Manoelito Boiadeiro, sempre tomava algumas atitudes para que eu não estivesse junta, ou mesmo próxima da Fátima de Nazaré, e como éramos duas crianças, com a mesma idade, no mesmo espaço e no mesmo tempo, sem muita opção de caminhos diversos, sempre estávamos juntas e sempre brincávamos juntas. E se o vovô procurava nos separar, a vovó, Maria de Jesus, procurava as mais diversas razões para estarmos juntas e a Carmelina, mãe do Anjo Alice, não procurava fazer nem uma coisa, nem outra, só nos dedicava muito carinho, atenção e amor, era nosso anjo protetor. Na sua bondade, todos os seus procedimentos eram para estarmos bem e sermos felizes. Verdadeiramente, ela era um membro da nossa família. Isso eu sentia e, até hoje, esse sentimento perdura!

— Então, vovó, quer dizer que a Carmelina entrou na nossa família, mas não foi só por esses seus bem fazeres, com certeza houve um ato determinante, e qual foi esse determinante que gerou o fato que levou à sua entrada no nosso grupo familiar, foi de adição ou de supressão de algum elemento no grupo? Foi algum ato de amor ou de ódio, de brutalidade?

— A entrada ou saída de algo de um corpo, querida Raquel, até mesmo de um corpo chamado grupo familiar, causa rompimento do tecido constituinte, isto é, fere, causa ferida e isso significa dor, isso tanto faz ser um acontecimento de vida ou de morte. Você pode até questionar dizendo, mas quando um bebê nasce de um jovem casal é só alegria, felicidade, e como é que essa adição ao grupo familiar pode causar dor? Pois bem, é muito salutar quando dois jovens juntam suas vidas em um longo período de tempo. Eles constroem novas vidas, constroem outras vidas, óbvio com muitos problemas, algumas soluções, muitos sofrimentos que trazem tristezas, sendo algumas substituídas por alegrias advindas das soluções, outras guardadas no baú do tempo, outras esquecidas e superadas. Muitas dificuldades, umas superadas, outras guardadas. Isso é inerente na vida de dois jovens que se unem para construírem novas vidas, uma família. Isso, na medida em que são superadas suas heranças antropológicas e tantas outras dificuldades e tornam-se cúmplices na construção e manutenção do mundo que se propuseram a construir, construção de um universo onde haja felicidade, com superação, construção feita superando dores e renúncias aos ditames do ego.

Dores, óbvio que esse construir causa, querida neta. E não estou falando da dor de parto da jovem mãe, que é uma ocorrência passageira, falo da dor da abstenção de tantas coisas de um jovem casal para construir esse novo universo, abstendo-se de tantas coisas como lazer, muitas outras coisas no aspecto econômico e até da beleza física da jovem mãe, e, em tantos outros aspectos.

A entrada por adição de um elemento constituinte do grupo familiar causa dores e renúncias sim, como já afirmei. Mas a entrada por supressão sempre é mais dolorida, e o elemento pode ser suprimido por diversas maneiras, por atos diversos, sendo o assassinato um dos mais doloridos, é uma ocorrência paradoxal, pois o assassino passa a ser elemento adicionado, por passar a ser parte constituinte do imaginário dos demais elementos viventes do grupo familiar e, quanto mais brutal o ato, mais indelével torna-se o fato.

Sei que essa é uma afirmação absurda, heterodoxa, mas verdadeira, por exemplo: um grupo familiar é constituído por determinado número de pessoas e, uma criança componente deste grupo, vê a cena brutal do assassinato do pai, essa cena será indelével para essa criança e, sobretudo a imagem do assassino será vinculada a uma personagem significativa, forte no imaginário do órfão: o pai. Ficando assim, indelevelmente a imagem do pai vinculada à imagem do assassino, lembranças que sempre poderão brotar simultaneamente.

Abstenções, renúncias, cumplicidades, adição, supressão, problemas, soluções e tantas outras ocorrências, mas é assim que se constrói uma vida, uma história de vida; e essas coisas ocorrem e são feitas de segundo a segundo, de minuto a minuto, de momento a momento, cada dia, cada Sol. Assim se constrói uma vida, uma história de vida. Nunca abruptamente.

— Eras vovó, tá legal, mas a senhora está divagando e não relata o fato determinante que eu perguntei, foi um fato único?

— Nenhum fato é único, isso, no aspecto do surgir do nada. Ocorre o fato, antes do fato, existem as causas remotas, recentes etc., causas e suas variantes. Após o fato, as consequências e variantes, existem os fatos complementares e tantos outros aspectos e ocorrências. Agora você imagina só a complexidade de um fato de adição ou subtração de um componente em um grupo familiar.

— Mas credo, Vovó, seja sucinta, nunca lhe vi tão prolixa, parece que a senhora não quer entrar no assunto propriamente dito.

— Nada disso! São coisas trágicas, sim, e que maculam a história de pessoas que já não estão no nosso meio, e não vejo com carinho estarmos falando de pessoas que já não estão entre nós, ou até estão, quem sabe?! Sempre considerei que, quando se fala de um ente, é para bem falar, exaltar virtudes ou ao menos amenizar vícios, particularmente, quando se fala de ausentes, mesmo que esses até possam estar presentes.

As lembranças são muito vivas na minha memória, muitas coisas eu vi, muitas escutei nas falas da família, muitas deduzi as razões e causas das ocorrências, mas tudo são coisas do passado, que, a bem da verdade, não podem ser esquecidas, como também devemos considerar que foram ocorrências que construíram esse mundo que hoje vivemos, e julgo que somos felizes nesse mundo, e, por sermos felizes, não é um mundo mau, não é um mundo perverso e, por assim ser, havemos de considerar que esse mundo não foi construído com "tijolos do mal", é um universo de construção centenária com muitos componentes, portanto complexo, mas é um universo do bem, tanto que somos felizes nele. Você é feliz, aqui, na ilha?

— Sim, sem dúvida vovó, hoje não vivo exclusivamente aqui por questões profissionais, assim sempre tenho que estar em Belém, mas, quando estou lá, sinto necessidade de estar aqui, na Ilha. E isso, sempre que posso, faço, mesmo enfrentando os riscos da travessia da baia.

A Baía do Marajó, na sua imensidão, é só um pequeno hiato entre Belém e a Ilha Grande de Açaiteua. Quando afirmo que é apenas um pequeno hiato, vovó, é porque não consigo ir e estar em Belém sem levar esse mundo comigo. Estou lá, mas sempre estou aqui nas minhas recordações e interrogações. E são, exatamente, sobre algumas dessas tantas interrogações que eu quero que a senhora diga algumas coisas, que pela sua relutância, são ocorrências de grande significados para todos nós.

5

Somos diversos no bioma, no ecossistema, bem como na fauna e flora, e isso nos deixa próximo da Arca de Noé

— Pariu!

— Pariu!!

Tia Tereza, a "Lua Cheia" pariu!

Oh! Que alegria, gosto demais de ver essa açaiteuense, entre todas, sem desmerecer as demais, a mais bonita e mais formosa entre todas, e que desde outubro, quando fui à Belém, nas festas do Círio de Nossa Senhora de Nazaré, que eu não via. Agora não, tô fedendo a curral, mas depois quero um cheiro e um abraço teu.

Era o Barreto Jr. entrando, ofegante, na sala, avisando a sua patroa, que a vaca Lua Cheia tinha acabado de dar cria e não escondendo sua surpresa e encanto pela presença da sua prima "de coração" na sede da fazenda, demostrando todo seu encanto e alegria ao ver a visitante.

— Vó, todas as vacas têm nome?

— Não, são poucas, só algumas *raciadas*, e são nomes passageiros, logo são esquecidos. Toda vez que uma vaca *raciada* fica prenha, o Barreto Jr. dispensa tratamento especial, e, à medida que ela vai amojando, fica em instalações mais próximas da sede. E nesse contato diário com o animal ele vai criando seus códigos e maneiras específicas e originais de trato. Tenho certeza de que essa cruzou ou ele percebeu que ela estava prenha em um período de lua cheia.

— Vovó, o Barreto Jr. também nasceu aqui, né verdade?

— Sim, Raquel, ele nasceu aqui igualmente como seu pai, o Barretão de muitas histórias de caçador e de pescador.

— Mas o Barretão era pescador, caçador ou vaqueiro?

— Igualmente o seu pai, o Paulão Barreto, e seu filho, o Barreto Jr., todos foram ou são caçadores, pescadores e vaqueiros. Caçador e pescador são por "esporte", nas horas vagas. Ser pescador e caçador nesta região da Ilha Grande de Açaiteua é uma prática de vida, é uma maneira de ser, de cada habitante, tanto quanto o ofício principal que é de ser vaqueiro, ofício predominantemente exercido por homens.

"Vaqueiro de Açaiteua", como são conhecidos em outras regiões, tanto pelas suas características físicas, quanto pelo *modus operandi*.

Veja o Barreto Jr. que, neste momento, veio do curral onde estava com a sua Lua Cheia, que acabou de parir, mas ele está descalço, montado em um cavalo açaiteuense, sem cela, o chapéu de arumã na cabeça e muxinga na mão, esse é o seu "paletó", o seu "jaleco branco".

Esse é o nosso universo, o nosso habitat e eu, você, a Lua Cheia, os Barretos, cada caboclo, cada trabalhador, até o gado, somos uns dos tantos elementos constituintes e essenciais desse mundo chamado Ilha Grande de Açaiteua, que, na verdade, é um arquipélago com mais de duas mil e quinhentas ilhas e ilhotas, sendo o maior arquipélago fluvio-marítimo do planeta terra. E você sabe, Raquel, assim como temos muitos componentes tão diferentes e diversos nesse nosso mundo açaiteuense, também temos tantos ecossistemas e biomas diferentes e até antagônicos, como a mata cerrada e o pampa, e óbvio que, entre um bioma ou um ecossistema e outro, existe outro de transição, e tem caso que o ecossistema de transição é o cerrado. E muitos lagos, e muito rios, e muitos igarapés, e muitos igapós, e muitas restingas, e muitas matas ciliares, e muitas várzeas, e muitos mangues, e muitas praias fluviais, e muitas praias oceânicas. E muitas, e muitas... É como se fôssemos a síntese do planeta Terra, um experimento de Deus para construir o resto do planeta terra.

Somos diversos no bioma, no ecossistema, bem como na fauna e flora e isso nos deixa próximo da Arca de Noé.

Essa diversidade do nosso universo nos caracteriza tanto que arrisco dizer que ela, mesmo que somado a outros fatores, também está na formação do nosso caráter e personalidade, como também na construção do nosso conceito do divino.

Primeiro, os tantos povos que aqui habitaram, que logo foram chamados, equivocadamente e genericamente, de índios, pelos invasores europeus, depois o branco, o negro e por fim, o açaiteuense, que somos nós.

Somos diversos, ou melhor, diversificados. Veja o caso da Fátima de Nazaré, com todas suas virtudes. Sempre alegre, sempre disponível, sempre é a que entende todos, sempre é a que aceita os outros como eles são, a que nunca se recusa, sempre é a prestimosa. E assim também era a sua mãe, a Carmelina, só que tinha uma religiosidade acentuadíssima, mas tão acentuada que era devota fervorosa de Nossa Senhora de Nazaré e de Nossa Senhora de Fátima.

— Vó, tá aí uma coisa que sempre aceitei de boa, mas nunca entendi bem. Umas pessoas chamam a tia Alice de Alice mesmo, e outras, e até a senhora em certos momentos, a chama de Fátima de Nazaré. Acho isso interessante e até compreendo quando a senhora a chama de Anjo Alice, mas Alice e Fátima de Nazaré para a mesma pessoa é um pouco confuso, a senhora não acha?

— Sim, claro, claro, são coisas da Ilha Grande e nossa, assim que nós somos. Temos muitas, e muitos, como acabei de lhe falar da nossa diversidade, até muitos nomes nós temos, outros só tem um nome, mas sempre tem um apelido. E, interessante que as pessoas, *mundo afora*, consideram que morar na Ilha Grande de Açaiteua é muito legal, que aqui é muito pacato, que aqui é muito tranquilo, que se vive em um marasmo característico. Até que eu gostaria que assim fosse. E existe, mas só aparente. Aqui existem pessoas, muitas pessoas, pessoas que buscam, que criam, que reinventam a cada momento o seu habitat, até dizem que aqui tem muitas pessoas que nós nunca conseguimos enxergá-las, mas sempre estamos sendo observados por elas, muitas dessas até nos protegem, nem todas, mas a maioria, e é assim que somos, temos até muitas histórias e estórias, como também muitos açaiteuense sempre dizem que se sentem como se estivessem entre muitas pessoas, mesmo sem as vê-las, é um sentir que, os tantos que já partiram para outra vida, continuam aqui.

Veja no caso da Anjo Alice: tem dois nomes, e isso não deixa de ser interessante e característico.

Essa história que a Ilha Grande de Açaiteu foi descoberta, há controversas, descoberta nada, ela não estava escondida, ela já existia havia muitas eras. Descoberta para os europeus colonizadores que eram ignorantes e acreditavam que o globo terrestre era quadrado, ou seja, não enxergavam um palmo além da própria venta, e que, por curiosidade de alguns e ambições de outros, chegaram nesse mundo amazônico. Chegaram e invadiram. Descobrir não. E aí eles reinventaram tudo conforme seus anseios e objetivos, isso até pelo processo de eliminação cultural e física dos povos já existentes. E esse buscar e reinventar nós herdamos, e hoje praticamos, nem que seja subjetivamente. É essa prática, herança antropológica que formou esse povo heterogêneo que nós somos, consequência de um acentuado processo de miscigenação, nos dá uma vida dinâmica, mesmo neste aparente pacato mundo açaiteuense. E somos heterogêneos na nossa formação e no nosso meio ambiente. Veja dois casos que caracteriza tudo isso que estou lhe falando. A nossa cerâmica, por exemplo, nossos ancestrais remotos faziam seus próprios objetos de uso, na vida e na morte, e esses objetos hoje são apenas lembranças e peças de museu. Antes nossos ancestrais se alimentavam com carne de animais selvagens caçados, com a chegada dos invasores, logo vieram os animais bovinos, bubalinos e outros que hoje dominam a nossa economia e o nosso cenário, podemos até afirmar que esses animais, hoje, são a razão econômica desta propriedade.

Nossos antepassados faziam seus utensílios e, hoje, já não fazemos, utilizamos objetos fabricados existentes à venda. Nossos ancestrais caçavam proteína animal para se alimentarem, hoje a prática é criar o animal domesticado, são alterações significativas de uso das coisas e do cenário, do habitat, após a chegada dos invasores. Bem verdade que isso tudo deixa a nossa cultura mais rica, melhora nossas condições de vida, é a soma dessas coisas que nos torna tão diversos e nossa condição de vida bem melhor.

— Vó, diversas são as suas falas, que fala, fala, fala e não diz nada, desculpe a grosseria, tá, mas até agora a senhora disse, disse e disse, mas não falou ao menos o que eu lhe perguntei, a senhora não falou nada da minha pergunta, mas ainda bem que falou muitas coisas interessantes. Aliás, a senhora sempre fala coisas interessantes. Eu ainda não tinha atinado para essa questão de descobrir ou reinventar dos invasores europeus. Nos bancos escolares nos ensinam que eles são grandes heróis, que eles foram "os salvadores da pátria". Realmente, eu nunca tinha atinado que eles eliminaram, tanto culturalmente, como fisicamente, os povos aqui existentes. Então, o

Francisco Caldeira Castelo Branco, fundador da nossa Belém do Pará, não é esse grande herói que dizem ser, razão de tantas honrarias. Os tupinambás eram muitos onde hoje é Belém, verdade? E cadê essa gente? Até fiquei confusa, a senhora acabou de destruir uma legião de heróis, meus heróis históricos e, ao mesmo tempo, me provocou uma grande interrogação: houve um extermínio coletivo dos povos existentes. A senhora também falou que nossos ancestrais faziam seus objetos de vida e de morte, a senhora além de prolixa nas suas falas, é antagônica, está parecendo, assim, o nosso meio ambiente que vai da mata cerrada às savanas.

— Braba e bonita essa minha cabocla açaiteuense, mas lhe quero imensamente bem assim, assim como você é. Braba, bonita, estudiosa e de atitude, você é maravilhosa, lhe amo muito, mas entendo essa confusão na sua cabeça: eu eliminando seus heróis e dizendo que nossos ancestrais faziam seus próprios objetos de uso diário e de morte. É verdade, realmente eles faziam, e aí está a cerâmica açaiteuense para comprovar: são alguidas, bacias diversas, pratos e tantos outros objetos de uso diário, bem como as urnas funerárias que hoje substituímos pelos caixões fúnebres e até pirâmides nossos ancestrais construíram, muitas pirâmides, fazeres e objetos com caracteres próprios que só existem aqui na Ilha Grande de Açaiteua.

— Entendi, vovó, entendi!

6

Vejo como se o pato fosse a sua oferenda ao Divino no "almoço do Círio", não obstante o aspecto profano, é isso mesmo, como se fosse a celebração dessa oferenda ocorrendo na mesa onde almoçamos no dia do Círio, como se a mesa fosse o altar da celebração da oferta para o Divino, acho isso o máximo!

— Bacuri, suco de bacuri, que maravilha, já que não ofereceram, eu vou pedir.

— Sirva-se Barreto Jr., você se criou ao redor desta mesa e comendo nesta mesa, não venha inventar cerimônias e se fazer de rogado, sirva-se à vontade e vá logo para o curral ver a cria da Lua Cheia, esses animais *raciados* melhoram a linhagem do nosso rebanho, é bem verdade, mas são suscetíveis a intempéries e a inospicidade da ilha, sempre é recomendado um trato e manejo diferenciado.

— Apolônio, recomendo que você vá com o Barreto Jr. até ao curral e veja como a cria e a parideira estão, dê uma força lá com a sua experiência de vaqueiro das antigas.

— Que isso, tia, deixe o Apolônio, eu me garanto.

— Não, não senhor, conheço sua boa vontade, disponibilidade e conhecimento do ofício, mas é a primeira cria da sua Lua Cheia, é um animal arredio e sendo a primeira cria fica mais arisca ainda, em uma situação dessa é recomendável atenção especial.

— Entendo sua preocupação tia, mas eu nasci e me criei vendo esses bichos parindo e eu nunca perdi um animal, mas tudo bem, é como diz o velho ditado: "temos que amarrar o burro onde o dono manda", vamos nessa Apolônio e que louvado seja Nosso Senhor Jesus Cristo e que a Virgem de Nazaré nos proteja.

— Raquel, veja como as coisas são diversas aqui na ilha grande, o Barreto Jr. é um vaqueiro, nascido e criado nesse universo inóspito e no rústico ofício de manejo do gado, mas além de ser uma pessoa totalmente socializada, se relacionando bem com todo mundo, como costumam dizer "sabe entrar e sabe sair em qualquer lugar" é um homem de muita fé. Ele já me confidenciou que faz orações diárias e que suas súplicas ao divino são por todos nós, que ele considera sua família e que não deixamos de ser, no fundo somos uma família, e que também faz súplicas pela humanidade e pela paz mundial, nem nos momentos que está só, em suas orações, ele é egocêntrico, pensa só nele. É uma pessoa maravilhosa, tanto quanto foi seu avô e o seu pai!

— Vó, a senhora sabe que o Barreto Jr. é uma das pessoas que, quando se aproxima o Círio de Nossa Senhora de Nazaré, eu fico aguardando ele chegar lá em casa, em Belém? E eu tenho certeza que ele vai chegar. E tem mais, caso ele não chegasse ficaria decepcionada. Para mim, é como se ele, com sua característica chegada, fosse um ícone do Círio, digo característica chegada porque ele chega transbordando de alegria e felicidade, como se estivesse em uma festa natalina, em uma festa de ano novo. Chega com roupas novas, algumas economias e nunca chegou sem estar com um paneiro contendo um enorme pato que tem que ser sacrificado para o "almoço do Círio", acho isso o maior "barato". Vejo como se o pato fosse a sua oferenda ao Divino, no "almoço do Círio", não obstante o aspecto profano, é isso mesmo, como se fosse a celebração dessa oferenda ocorrendo na mesa onde almoçamos no dia do Círio, como se a mesa fosse o altar da celebração da oferta para o Divino, acho isso o máximo! A sua chegada, o seu estar no dia do Círio, o seu levar o pato para o almoço, o próprio almoço são procedimentos ritualísticos, acho isso maravilhoso, particularmente por ser um feito de um "homem do campo"! Isso tudo é emocionante, maravilhoso!

— Você tem razão, isso tudo é o Círio. E o ritual começa bem antes, meses antes quando ele escolhe o pato para engordar, como se ele já estivesse preparando a sua oferenda para o Divino. Tudo começa bem antes quando ele vai ao comércio de Bacuriteu e compra roupas novas para ir para o Círio, é como se ele estivesse preparando as vestes que serão usadas no ritual da oferenda ao Divino. Realmente, isso tudo é fantástico. São coisas que já fazem parte do nosso ser, do nosso imaginário, quando nós, paraenses, nascemos, a festa do Círio já existe, e só fazemos dar continuidade a essas coisas que constituem a nossa Fé, e isso tudo considero excelente, porque são práticas de coisas boas, que nos dão sentimentos nobres, sentimentos que nos faz querer o bem do próximo e nos causa conforto espiritual, é uma cultura e tradição de paz e de amor ao próximo.

— Realmente, Vovó, tudo do Círio e da Nossa Senhora de Nazaré são coisas que fazem parte do meu imaginário, são coisas que compõem a minha herança antropológica, e acho isso muito legal. Na época do Círio, sinto uma atmosfera de paz, um clima festivo, o sentimento de afetividade fica acentuado, as pessoas se manifestam para outras desejando felicidade e paz, talvez até mais que na época natalina!

— Verdade, Raquel, essa prática do Círio é bem antiga e tudo começou quando o caboclo Plácido José de Souza, em 1700, achou a imagem da Santa às margens do Igarapé Murucutu, onde hoje está localizada a suntuosa Basílica Santuário de Nossa Senhora de Nazaré, lá em Belém.

Nessa época, essa região de Belém era local de "roça" e ao achar a imagem o caboclo Plácido a levou para a sua choupana, que de lá sumiu. Quando a localizou, às margens do igarapé, levou-a novamente para a sua choupana e essas ocorrências se sucederam e a imagem foi levada para o palácio governamental. E no local do achado, o caboclo ergueu uma rústica capela, tipo choupana, as coisas foram se dimensionando. E, só em 1792, o Vaticano autorizou uma procissão em homenagem à Virgem de Nazaré, vindo a ocorrer, o que chamamos de primeiro Círio, no dia oito de setembro de 1793, muitas coisas sucederam-se, até chegarmos ao atual estágio, inclusive muitas adequações, por exemplo, o Círio sempre ocorria em um dia de domingo, nos meses de agosto a novembro e no horário da tarde, mas em 1853 chegaram a conclusão que, devido à chuva que quase que diariamente ocorre em Belém do Pará, no horário da tarde, mudariam o Círio para o horário matinal. Foi implantada a corda, o hino Vós sois o Lírio Mimoso e tantos outros ícones. E são muitos os ícones do Círio de Nossa Senhora de Nazaré, como o carro das promessas onde os peregrinos colocam objetos que representam a graça alcançada por intercessão da Virgem de Nazaré.

Das primeiras ocorrências de 1700, até hoje, o Círio chegou a dimensões expressivas, e chegará muito mais, chegará a dimensões descomunais, chegará a ser um patrimônio cultural de natureza imaterial.

Interessante que o Círio não para de crescer, já surgiram algumas romarias e outras tantas surgirão. Difícil será uma romaria saindo daqui da Ilha Grande de Açaiteua até Belém, é uma proposta de complicada execução porque só existe um trajeto, que é atravessar a baia, e por questões de segurança isso não é recomendável, mesmo com toda proteção da Virgem de Nazaré. Mas até que já ocorre, não formatada em aspecto contínuo, mas são tantas as embarcações que saem da Ilha Grande para Belém, nos dias que antecedem o Círio, como a que leva o Barreto Jr. que até podemos dizer que já existe sim essa romaria: Ilha Grande de Açaiteua à Belém! Isso em um grande corredor de Fé!

— Vó, não existe dúvida que o Barreto Jr. é uma pessoa do bem e um homem de muita fé, mas ele é frequente na missa, aos domingos na igreja de Bacurizal?

— Não, a religiosidade do Barreto Jr. é expressa na sua participação no Círio, em suas orações, conforme ele me confidenciou e a frequência no terreiro.

— No terreiro? Que terreiro é esse? É de macumba, mas ele é católico ou não sei lá o que, então ele acende vela para dois senhores?

— Nada disso, ele é o Barreto Jr., vaqueiro açaiteuense, parte desse mundão peculiar chamado Ilha Grande de Açaiteua, uma pessoa de fé, muita fé, uma ótima pessoa, isso que é importante. Porém, existem algumas peculiaridades que um dia você vai entender, e uma dessas é que somos um grupo social de tamanho restrito em que as coisas não conseguem ser bem separadas, ou ao menos assim, aparentemente, não se consegue fazer, como ocorrem nos grandes centros urbanos, onde as pessoas praticam tantas coisas, têm até conceitos diversos do divino, que as outras pessoas ao lado não percebem. Aqui as coisas terminam sendo muito transparentes e todos sabem das ocorrências praticadas pelos outros, mas nada que venha a diminuir moralmente os praticantes das coisas antagônicas, e dos sabedores diversos das causas alheias.

— Então, a senhora quer dizer que é normal a pessoa ir para missa pela manhã, e à tarde, ou à noite, ir para o terreiro?

— Isso mesmo, exatamente isso. E existem muitos fatos interessantes nesse aspecto, como o caso do Antônio Quati, caboclo açaiteuense dos bons, papa chibé dos bons, de em um almoço comer sua porção de acari com uma cuia de chibé! Morador de Bacurizal e desde criança trabalha como sacristão, assíduo nas práticas paroquiais, inclusive é responsável por bater o sino da igreja para avisar os fiéis do início das celebrações, como missas, novenas, ladainhas... e a mão que bate o sino é a mesma que bate o tambor no terreiro. Na feira que ele compra a vela branca para acender na novena, também compra a vela colorida para acender no terreiro.

Esse é o nosso sincretismo religioso, que não deixa de ser uma consequência de sermos uma multiraça, fruto de uma elevada relação de miscigenação, verdadeiramente somos diversos, como o nosso meio ambiente.

Os povos existentes, aqui, quando da chegada dos invasores, já tinham seus Deuses, o invasor branco trouxe seus Deuses, nos navios negreiros vieram outros Deuses, e assim a nossa fé é tão diversa, e isso não pode ser condenado nem tratado como um fato simples e isolado, é uma questão complexa, estamos falando de formação religiosa histórica de gentes, de construção de imaginários, de construção de imagens e seres onde nós depositamos nossas esperanças e construímos um relacionamento de fé, coisas que existem, existem e em aspecto transcendental, portanto é uma questão complexa e que temos que tratar com muito carinho e respeito!

Na minha concepção, as grandes barreiras que impediram eles de avançarem mais pelas trilhas da cumplicidade, que os levaria a uma felicidade maior, foi a personalidade forte e relutante da Mariana com suas deliberações, e o patriarcalismo antropológico do Paulão Barreto

— Vovó, nessas conversas viajamos, fomos ao círio, em terreiros, no céu, atravessamos a baía, só não houve e nem fomos ao que realmente lhe perguntei, vamos mudar de paredes para ver se a senhora, realmente fala o que eu quero escutar, o que eu quero saber.

Vamos mudar de parede, até de prédio, por exemplo, na casa do Barreto Jr. existem poucos retratos, mas existe um na parede da sala de visitas que está em destaque, que ele já me falou que é da sua vó, mãe do seu pai. Interessante que, além de muita bonita, transparece ser uma pessoa além do seu tempo, expressão altiva, é isso que aquele retrato me diz. Também já ouvi algumas histórias dela lá em Bacurizal, parece que ela nasceu e viveu lá, é isso?

— Não, não é só isso, Raquel, é muito mais! E hoje você tá danada de *perguntadeira*, são tantas interrogações, é o clima natalino que lhe deixa assim?

— Vó, a pergunta é minha, eu que perguntei e não me responda com outra pergunta, a senhora já falou muito e não disse nada, mudei de parede e a senhora continua falando sem nada dizer, responda a minha pergunta, por favor.

— Pergunta? Qual é a pergunta mesmo?

— Vó, a senhora já está me perguntando novamente, não pergunte nada, responda vó, só responda. Responda falando da vó do Barreto Jr.

— Devo falar?

— Não pergunte vó, responda.

— Tentarei! Mas primeiro vou...

— Não pergunte, vó! Responda!

— Chata, insistente, curiosa, até parece que é açaiteuense, e é...

Mariana, essa sim tão complexa, tão diversa, tão bonita, tão altiva, pessoa de muitas atitudes, tão deliberada que sempre incomodou...

— Tão, tão, tão, chega de tãos e tãos, vó, isso é só para atiçar minha curiosidade e me irritar, fala, fala, fala e não diz nada....

— Ela era a esposa do velho Paulão, mãe do Barretão e avó do Barreto Jr, satisfeita?

— Óbvio que não, né, vó? Quando a senhora quer sabe ser prolixa e nesses momentos que estou explodindo de curiosidade a senhora fica com essas narrativas biográficas sucintas.

— O que você quer saber, menina curiosa? Gosta de uma historinha, né? A Mariana existiu, o mais complicado é que ela existiu e existe na nossa memória, ela não está só na parede da sala dos seus familiares, ela está na nossa mente, nas nossas lembranças, ela está muito mais do que em uma sepultura do cemitério de Bacurizal...ela marcou tanto sua época que todos lhe dispensaram algum sentimento: amor, ódio, respeito, admiração, saudades, tantas lembranças....ela existia, ela existe!

Verdade que eram outros tempos, o pensamento moral açaiteuense era outro, e ela estava bem à frente de sua época.

Nas ruas descalças, ela descalça, não trafegavam veículos automotores, o médico, o advogado, o dentista não tinham residência fixa na vila, mas sempre vinham e eram muito próximos da população, pareciam serem gente nossa. O delegado, nomeado pelo chefe político da vez, que também era muito próximo do povo, sempre era alguém da cidade. O padre sempre vinha de fora, mas logo parecia que era açaiteuense. E todos esses personagens, todas essas autoridades sempre tinham algum relacionamento com a Mariana, às vezes, de bem querer, às vezes, nem tanto, e ela só era uma jovem que não aceitava qualquer mando, nem vestia qualquer manto institucional.

As beatas e as senhorinhas donzelas puritanas açaiteuense não a viam com muita admiração, e não a tinham como modelo a ser seguido, ela sempre causava algum escândalo. Chegaram a ensaiar um abaixo-assinado para ela não andar na feira com o vestido molhado.

— Vestido molhado, molhado de quê – vó ela ia à feira com o vestido molhado?

— Isso mesmo, isso mesmo, e isso para a Mariana era a coisa mais natural, pelas tantas coisas que tomei conhecimento dela pela oralidade, tenho certeza que nesses trajes ela se sentia tão bem-vestida quanto uma muçulmana de burca. Os seus trajes, como estivesse, sempre era diferente das demais pessoas, ela tinha à sua maneira de ser.

Certo domingo, ela foi para a missa com o paletó do seu pai, as primeiras prelas do padre João foi pedindo para ela se retirar dizendo que ali era uma casa de Deus, e era uma casa para homens e mulheres, outros tipos não poderiam estar lá...

— E ela? Qual foi a reação?

— Nenhuma e todas. Proceder original como ela era. Simplesmente com seu riso irônico estampado no seu simétrico rosto, ficou em pé, com as pernas abertas e os braços cruzados no centro da igreja, ficou lá imóvel, como dizendo: venha me tirar daqui. Ainda bem que o padre e nenhum fiel, nem ninguém, ninguém mesmo foi.

— Por quê?

— Por quê? Haveria festival de sopapos e tapas, quebrariam a igreja...

— E ela ficou lá até o final da missa?

— Sim, mas quem não demorou muito foi a Santa Missa, foi uma missa muito rápida, nem o sermão houve e logo todos saírem no mais contrito silêncio, ela foi a última a sair e saiu batendo as portas.

Contam que era muita gente espantada, foi trágico sem dúvida, mas foi cômico e rendeu um falatório de mais de um ano, essa era a Mariana!

— E como foi que o Paulão Barreto domou essa potra?

— Paixão, amor e outros sentimentos nobres.

— E foram felizes?

— Eita, açaiteusence perguntadeira, pare de tantas perguntas menina.

— Vó é gostoso estar com a senhora, é gostoso ouvir a senhora falar e ouvir histórias de uma pessoa tão autêntica, uma personagem vanguarda, não tem como não atiçar o desejo de querer ouvir mais e mais.

— Digamos que eles foram sim, verdade que eles se amavam muito, a Mariana sempre linda, sem necessidades de maquiagem e outros recursos, até podemos chamá-la de flor açaiteuense. Era uma cabocla com dotes físicos brindados pela natureza, mulher de muitas atitudes, ativa e altiva, mas não tinha um instinto beligerante gratuito, no fundo ela era de paz, a sua guerra era com o contrassenso e o sem nexo, tinha suas convicções, e aqui e acolá o tempo fechava, ela era do tipo de não levar desaforo para casa. Era uma pessoa muito resolvida, de atitudes.

O Paulão Barreto era a mesma coisa do filho e do neto, essas figuras tão agradáveis de se conviver, pessoas de coração imenso;

— Então foram felizes, conviviam muito bem?

— Digamos, digamos... digamos...

— O que, vó? Digamos... digamos... digamos o quê? Vó, a senhora tem a arte de falar e não dizer... digamos... digamos... digamos o quê, vó?

— Eita nervosa! Digamos sim senhora, digamos que sim, considerando que eles se amavam muito.

— Tantos predicados em ambos, se amavam tanto e porque esse "digamos", foram ou não foram felizes?

— Digamos que sim, porque se existe uma escala de felicidade de ser mais ou menos feliz, na realidade eles foram felizes sim, mas nessa escala de mais ou menos felicidade eles poderiam ter sido muito mais, poderiam ter avançado muito mais nessa escala hipotética. Então foram felizes sim, mas poderiam ter sido super felizes, perderam a oportunidade de viverem uma felicidade maior.

— Por que esse mais ou menos, vó? Por que perderam a oportunidade de serem mais ou menos felizes, de viverem uma felicidade maior, se traíram?

— Nunca, impossível, a Mariana era muito coerente nos seus fazeres, personalidade muito forte, ela nunca "fez de conta" em nada na vida, ela era sim sim, não não. O Paulão Barreto não era louco e nem queria que a Mariana se tornasse uma assassina.

— Nossa! Que quadro, hein! A Mariana realmente era mais que vanguarda.

Pelos seus relatos também acredito que realmente nunca se traíram e porque não foram super felizes? O que faltou?

— Cumplicidade! Cumplicidade! Cumplicidade bonita Raquel!

Só isso! Cumplicidade!

— Nossa! Mas perderam de viverem belos momentos e a senhora diz só isso?

— Só isso! Mas avançaram muito, com certeza houve muito esforço de ambos, esforços para cada um avançar e vencer suas próprias barreiras de posicionamentos e postura na vida, barreiras do psicológico de cada um, barreiras da personalidade de cada um. Chegaram a ser cúmplices sim, com certeza, mas não tanto, como por exemplo, quanto uma mãe é para com o filho quando chega a negar seus princípios religiosos e morais só para estar no lado do filho, eles não chegaram a tanto. Não chegaram a "cumplicidade de mãe", mas foram cúmplices sim!

Na minha concepção, as grandes barreiras que impediram eles de avançarem mais pelas trilhas da cumplicidade, que os levaria a uma felicidade maior, foi a personalidade forte e relutante da Mariana com suas deliberações, e o patriarcalismo antropológico do Paulão Barreto.

Por exemplo, quando eles começaram a namorar, enquanto o Paulão pensou a Mariana tomou a iniciativa, e no baile das flores ela o tirou para dançar. Foi um escândalo, isso nunca tinha ocorrido em Bacurizal, no início ele ficou encabulado, mas ela o pegou pelo braço e saiu dançando, com certeza os dois nunca tinham namorado com ninguém, ele foi o primeiro namorado dela e ela dele. E tudo começou nesta festa. Não que eles tenham começado a namorar naquele dia, mas as coisas foram acontecendo. O Paulão, por timidez, relutante, mas muito apaixonado, relutante também pela iniciativa da Mariana e o mais grave é que todos perceberam a iniciativa da Mariana, que chegou a dar um leve beijo no rosto do Paulão! Neste momento ele deve ter sentido um buraco abaixo dos seus pés por duas razões: pela felicidade de ter sido beijado pela Flor Açaiteuense e por todos terem percebido que a iniciativa foi dela! Ele ficou estático no meio do salão.

Todos os presentes perceberam, como também todos ficaram estáticos e espantados, tanto quanto o Paulão. É provável que essa tenha sido o primeiro beijo que uma donzela açaiteuense, por sua iniciativa, deu em um rapaz, em meio de um salão de festa, em Bacurizal!

Ela era muito cortejada pelos rapazes da época, até por muitos turistas que vinham aqui nas férias de verão. Como em uma manhã quente de verão quando o filho do Doutor Cézar, médico que residia em Belém e trabalhava aqui no município, viu o escultural corpo da Mariana na feira, com o vestido todo molhado, tomando açaí, esbarrou nela propositalmente, ele todo enfatiotado, mas logo ele também ficou todo molhado, mas de açaí, molhado e com as roupas toda manchada.

— "Mas logo ele também ficou todo molhado", quer dizer que ela também estava toda molhada? Porque esse "toda de vestido molhado na feira", a senhora já até falou isso, mas não entendi ainda.

— Isso ocorreu várias vezes, como já disse, que até ocorreu uma iniciativa das donzelas e beatas fazerem um abaixo-assinado para o prefeito e o delegado proibirem a ocorrência, iniciativa sem sucesso, óbvio.

A Mariana alegava que o clima estava muito quente, e isso próximo das onze horas ela ia à praia tomar banho com seu vestido de chita e depois ia pela feira tomar açaí, ora vender, comprar, ou até mesmo só para conversar...

Em uma das vezes lá estava ela na feira com seu vestido de chita molhado, claro sem o devido corpete nos seus volumosos peitos, e uma dondoca, sua desafeta, cruzou com ela, lançou um olhar reprovador e ainda falou: tá tudo aceso! As pessoas próximas riram, mas a Mariana com um alguidar na cabeça cheio de jambo seguiu seu trajeto. Disfarçou, deu uma volta por trás de umas barracas de venda de farinha e furtivamente se aproximou da donzela que lhe zombou, arriou sua blusa, colocou um jambo em cada um dos pequenos peitos da senhorinha e gritou "a peitinho acendeu". Tumulto geral, muita pancadaria, que foi amenizada pela intervenção do delegado e seus policiais, que levou todo mundo para a delegacia, onde houve tremendo pandemônio, mas ninguém ficou preso.

8

Não, vó, eu é que fiquei assustada, e não era para menos! Aquele pajé que eu nunca tinha visto e em uma praia que também nunca tinha ouvido falar e que, depois, a senhora disse que não existe na Ilha Grande de Açaiteua, em uma noite de lua cheia, eu ainda estou assustada!

A tarde findava, outros parentes e moradores da fazenda entravam e saiam da sala onde a avó e a neta estavam conversando, como sabiam que quando as duas estavam juntas as conversas eram longas, todos não passaram de pequenos cumprimentos e a conversa se prolongou, ora uma perguntava, ora uma respondia, ou fazia que respondia, outro momento uma afirmava e a outra não confirmava, mas não negava, elas se entendiam!

— Vó, vou lhe nomear a Rainha da Desconversa, mesmo a senhora tendo muitas conversas!

— A questão não é ter ou não ter conversas, eu entendo seus anseios, a sua curiosidade, você não está de toda errada quando afirma que eu digo, mas não falo, ou que falo, mas não digo. Neste aspecto, tenho duas considerações a fazer: primeiro que é muito agradável estar com você, estar ao seu lado jogando conversa fora, adoro estar com você, você representa uma coisa tão boa e agradável que tenho na vida, que nem tenho a expressão devida para dar a dimensão do sentimento que tenho por você, dizer que lhe amo é pouco, sinto você como uma dádiva divina, e assim sempre quero estar ao seu lado, conversando ou não conversando, é muito gostoso estarmos juntas! A outra consideração é que você é muito curiosa, é muito tudo, busca muito tudo, não sei até onde vai esse seu desejo de querer saber de nós, da nossa família, da nossa história, você me deixa assustada, e me deixou muito mais quando me interrogou, ou mesmo me contou sobre aquela sua conversa com aquele velho pajé, chamado de Jassanike, que nunca ouvir falar e ainda mais o local da conversa que você disse que foi naquela praia que não existe aqui na ilha. O pajé, para mim, não existe, nunca ouvi falar, a praia não existe, porém você relatou o fato com tanta convicção e detalhes que você ia relatando e eu ia vendo as imagens na minha frente, era como se fosse um filme antigo, com imagens antigas, no seu relato eu via as cenas, você me deixou assustada!.

— Vó, a senhora tá dizendo que eu menti e inventei a história, que entre os pajés daqui da Ilha Grande de Açaiteu não existe nenhum com o nome de Jassanike, como também que em toda a ilha não existe a praia do Mata Fome?

— Não falei nada de você, só afirmei que eu fiquei assustada com seus relatos, você falou as coisas com muitos detalhes e convicção, falou como se você tivesse vivido os fatos, como também falou com euforia como se tivesse gostando de estar falando, falou como se a companhia do velho pajé tivesse sido agradável, falou como se você desejasse estar novamente nessa praia que não existe, como também aparentou ter gostado da companhia desse pajé que nunca ouvi falar da sua existência, entre os tantos pajés da ilha.

— Vó, ele existe, eu falei com ele, falei muito com ele, aliás, ele falou mais comigo, ele falou muitas e muitas coisas, e eu ainda lembro tudo, não me lembro do caminho para chegar à praia do Mata Fome, aliás, nem lembro direito como cheguei e retornei de lá. Lembro mais que realmente era uma noite de luar muito bonita, uma noite de lua cheia, eu dormi cedo, estava super cansada, pois durante a tarde, logo após o almoço, sai para cavalgar e cavalguei bastante. Cavalgando a esmo, como se estivesse procurando algo que eu não sabia o que era. Realmente, nesse dia, eu estava com desejo de conversar com alguém, além da nossa família, logo fiquei com um desejo danado de falar com um morador antigo da ilha. Montada no cavalo, eu fui em direção do lago central para chegar até a choupana do "seu Juriti", de repente me vi próxima da praia, fui novamente em direção à choupana do "seu Juriti" e percebi que estava, novamente, próxima da praia. Tentei outra vez e novamente percebi que nunca chegava na casa do "seu Juriti", era como se eu caminhasse para o Oeste e sempre chegava no Leste. Estava exausta, ofegante, o cavalo não, só eu, era como se eu não estivesse montada, era como se eu estivesse andando com muita rapidez uma longa distância, e já não aguentava cavalgar, tão ofegante eu estava, e me sentia tão cansada, sem rumo, desnorteada e em lépidos momentos ficava tudo escuro, mesmo estando o sol em plena luz, e sem uma nuvem de chuva, e nesses passageiros momentos, o sentimento era que mesmo no campo aberto, próximo da praia, ouvindo o borbulhar do mar, logo estava em um quarto escuro, totalmente escuro, isso em segundos, era como se em um momento eu estivesse na praia, e no outro imediato tivesse sido transportada para esse ambiente sem luz, isso em pleno sol. Desci da montaria, que, aliás, estava estática, sem cansaço, sem suor. Fiz algumas orações e aos poucos fui me recompondo, passando o meu cansaço, foi quando percebi que o cavalo estava ao meu lado, isso bem próximo do curral. Cheguei em casa, exausta dormi o resto da tarde, jantei e dormi novamente, mas logo acordei. Sem sono fui admirar o luar e...

— Você me assusta!

— Não, vó, eu é que fiquei assustada, e não era para menos! Aquele pajé que eu nunca tinha visto e em uma praia que também nunca tinha ouvido falar e que, depois, a senhora disse que não existe na Ilha Grande de Açaiteua, em uma noite de lua cheia, eu ainda estou assustada!

Isso mesmo, após um dia de incertezas e de tantos eventos não bem concluídos, mas vividos, vistos e sentidos sai para admirar a noite de lua cheia, isso na esplanada que fica entre o pomar e a alpendre da nossa casa, e de repente me vi na praia desconhecida admirando a lua cheia, e o pajé apareceu lá! Logo se identificou e em tom grave disse o seu nome "eu sou o Pajé Jassanike" e logo começou a conversa perguntando "você sempre vem aqui na Praia do Mata Fome? Você gosta desta praia?". E ficou insistindo perguntando se eu sabia quando o Leafar ia voltar, se eu gostava dele, se as pessoas aqui na fazenda gostavam dele, se eu ou alguém daqui da fazenda nutria algum sentimento de gosto ou de desgosto por ele, se tinham saudades dele, eu nem sei, quem é esse Leafar.

Imagine a senhora; eu passei a tarde cavalgando para chegar à casa de um ancião para colocar as conversas em dia, e não cheguei, fiz várias tentativas para chegar ao lago central e sempre chegava às proximidades da praia, à noite me vejo em uma praia que não existe, e que não sei como lá cheguei e de lá voltei, conversando com um pajé que ninguém conhece, e ele me perguntando se eu amo ou odeio ou se tenho saudades de uma pessoa que não conheço, sobre uma pessoa que nunca ouvi falar. E falou tantas coisas, falou de muitas chegadas, falou de muitas idas, idas ocorridas e idas não ocorridas, falou até em desaparecimentos de pessoas, que muitas pessoas desaparecem, mas não desaparecem, que continuam entre nós, é como se elas apenas ficaram invisíveis, que elas não morreram, nem foram embora, que muitas das pessoas desaparecidas até nos protegem. E a senhora não quis conversar, na época, comigo sobre isso, a senhora nem ninguém, nem a Anjo Alice que sempre é tão prestimosa conversou comigo, isso me assustou mais ainda.

Vovó, as falas do pajé Jassanike foram tão convincentes, tão reais, que eu via as cenas, os cenários e os personagens constantes dessas falas. Interessante ou assustador que eu não conseguia ver com exatidão o rosto dos personagens de cada cena que vi, apenas o rosto de um jovem muito bonito, branco, corpulento, alto que toda vez que meu olhar se cruzava com o dele era como se ele, mesmo estático, estando e permanecendo estático, se aproximava de mim e me dava um belo sorriso com um olhar de velhos amigos. Busquei aqui na fazenda, em Bacurizal, em Belém, entre os tripulantes e os passageiros dos barcos, das idas e vindas para Belém, e nunca vi ninguém com aparência dos personagens dessas cenas, exceto esse retrato pintado do tio Rafael, que aliás, nem sei bem quem ele é, só sei que seu retrato está entre os demais familiares. Ele era médico? Ele está todo de branco, ele sempre se vestia com roupas brancas?

Vó, o pajé Jassanike insistiu em algumas frases que para mim são sem sentido, sem nexo, não sei para a senhora que sabe tantas coisas.

Ele repetiu várias vezes em tom afirmativo: muitas luzes, nas luzes, Seres que fizeram o chão alto. As luzes foram, ficaram o chão, ficaram no chão alto. Muitas almas ficaram, muitas pessoas ficaram, as luzes foram. Muitos foram, Leafar foi com as luzes, mas foi muito tempo depois, outros ainda irão.

E mais sem nexo falou outras tantas vezes... Casas chegaram, todas foram, todas as casas foram, todas as casas mudaram da Ilha

Grande, nem todas as pessoas mudaram da Ilha Grande... Muitas pessoas ficaram no chão das casas. Muitas almas ficaram na Ilha.

    E olhando bem fixo nos meus olhos falou...gritou... "não vá procurar as casas, procure os potes, eles estão nos potes, as pirâmides, que guardavam de onde nascemos, também estão nos potes, as almas não, elas estão aqui!" Logo após o grito ele desapareceu e eu percebi que estava só, aqui na esplanada de casa. Assustada. Super assustada. Não consegui dormir o resto da noite.

9

A partir de agora, parida ou não parida, amojada ou não amojada, só chame essa vaca de "Água Benta"

— Tia Tereza, tia Tereza, a cria desapareceu, a cria desapareceu. O Apolônio também!

Era o ofegante e assustado Barreto Jr. chegando do curral.

— Cheguei ao curral e o bezerro não estava lá, só estava a Lua Cheia, saí procurando o bezerro e não localizei e quando voltei para o curral só encontrei o chapéu do Apolônio, ele também desapareceu. Protegei-me, Nossa Senhora de Nazaré, louvado seja Nosso Senhor Jesus Cristo, eu não vou mais nesse curral.

— Barreto Jr., porque você colocou o nome dessa vaca de Lua Cheia, ela cruzou no período da lua cheia, ou você percebeu que ela estava amojada em uma noite de luar?

— Não, tia, nem uma coisa, nem outra, eu até ia falar para a senhora: foi um desses pajés, que nem conheço que pediu para chamá-la de Lua Cheia!

— A partir de agora, parida ou não parida, amojada ou não amojada, só chame essa vaca de "Água Benta". E não procure mais o bezerro, não se preocupe que ela logo ficará prenha novamente!

— Então, tia, jogue água benta nesse curral senão, eu não vou mais lá não! Isso é coisa do capirote! Protegei-me, Nossa Senhora de Nazaré, e que sempre seja louvado Nosso Senhor Jesus Cristo!

x

No dia seguinte, o Apolônio, com algumas escoriações pelo corpo, chegou na sede da fazenda e mediante aos interrogatórios de todos, menos da doutora Tereza, disse que não queria conversar a respeito das ocorrências do curral, do desaparecimento do bezerro, que em outra oportunidade retornaria ao assunto.

10

Raquel, você não conseguiu dimensionar a personalidade da Mariana, se ela saiu viva do episódio ela não cedeu, mas as consequências foram drásticas

— Vovó, são essas ocorrências que não consigo entender, e essas coisas acontecem e no outro dia já ocorre outra sendo a de ontem só um escaninho no arquivo dos pretéritos, isso até pode ser uma dinâmica de vida correta, quando se diz, o que importa é o momento presente, temos que viver cada momento, mas eu não consigo assimilar essas coisas com tanta simplicidade, não consigo banalizar essas coisas, que até tem algum aspecto de transcendentalismo, isso tudo me deixa *encucada*. O Barreto Jr. entra aqui na sala diz que desapareceu um bezerro e um vaqueiro veterano, e a senhora apenas perguntou a razão do apelido da vaca parida, aí tira um apelido e coloca outro, e se comporta como quem diz: está tudo bem, esqueça isso, deixa como está. Eu, realmente, não tenho tanta capacidade de assimilação dessas coisas!

— Vovó, eu desisto da senhora, não vou lhe fazer mais nenhuma pergunta, vamos conversar amenidades, vamos jogar conversa fora e por falar em jogar, podemos jogar um dominó e fazermos tantas outras coisas para estarmos juntas, a senhora não acha? Nada mais de ficarmos lembrando e relembrando tantas histórias da nossa família. A senhora concorda, vó?

— Não, em absoluto, não! Pergunte e eu respondo, e pronto, sem medir as consequências. Estou pronta, pode perguntar.

— O que foi que houve, vó? A senhora está há horas me "enrolando" com suas conversas e agora está sendo taxativa me mandando perguntar, garantindo que vai responder, bem já é um avanço, acabou de reconhecer que me enrolou até agora, mas o que houve?

— "Joguei a toalha", é bem melhor eu mesmo lhe falar logo o que você quer saber, saciando essa sua curiosidade danada, do que você sair por aí procurando conversar com os "Seu Juritis" da ilha, ou mesmo ficar conversando com pajés que nunca ouvi falar em praia que não existe.

Neste não marasmo em que vivemos, toda hora, todo dia, ocorrem muitas coisas, umas percebemos, outras não, existem ocorrências que até tentamos nos comportar como se não houvesse existido, ou mesmo como se não houvéssemos percebido, mas sabemos sim que houve o fato, existiu a ocorrência. E são tantas que decorrem *in loco*, como também são tantas que tomamos conhecimento pela oralidade, por exemplo, tudo que lhe contei da Mariana não é nada, e nem sei se devo contar mais do que já lhe contei, ela nunca passou por uma situação sem resolver, fazer o que era para ser feito, e essa sua maneira de ser extrovertida, espontânea e desprendida de qualquer preconceito provocava interpretações equivocadas e, muitas vezes, ela foi vítima de assédio e agressões por homens de comportamento equivocado, e em cada caso uma reação.

Tem as ocorrências que já lhe falei, da igreja, na missa e nos casos da feira, tem o caso daqui da fazenda, logo que ela casou com o Paulão Barreto e vieram morar aqui na Fazenda Joanes. Mas tem outros fatos mais interessantes, vamos deixar esse que é meio complicado de contar e de entender, é melhor eu contar outros antecedentes a este para você melhor entender as coisas e não fazer julgamentos equivocados.

— Não, não, senhora, nada de "enrolação" com delongas e disse não disse, relate só os fatos mesmo, foi essa a sua proposta para que eu continuasse escutando a senhora, para eu não ir satisfazer as minhas curiosidades com os contadores de histórias açaiteuenses. Conte só os fatos, fale só a verdade e estamos entendidas.

— Aff, que situação, o que é ter uma neta danada de bonita, danada de curiosa, pois bem...

Inverno amazônico, como sempre, ocorre, aqui na Ilha Grande de Açaiteua, os pastos estavam alagados, e o Paulão Barreto estava em um teso distante manejando o gado. A bela e jovem esposa, em sua típica residência estava na sua cesta vespertina, quando de súbito é acordada com uma muxingada em suas costas. Acorda e vê o Manoelito Boiadeiro ao lado na sua rede gritando, chapéu de arumã na cabeça, facão na cintura e espingarda de caça em uma mão e a muxinga na outra, e gritando diz: acorda preguiçosa, levanta, isso é hora de estar dormindo, tira a roupa. E ele vai arriando suas calças e as joga em um tamborete, uma das poucas mobílias do quarto de dormir, da modesta residência típica de um vaqueiro açaiteuense.

— Nossa! Ele a estuprou, ela cedeu sem resistência?

— Raquel, você não conseguiu dimensionar a personalidade da Mariana, se ela saiu viva do episódio ela não cedeu, mas as consequências foram drásticas.

— Para ela?

— Claro que não, para ele.

Ela simplesmente simulou que iria ceder e conseguiu pegar o facão que estava na bainha da calça que já estava no tamborete, conseguiu imobilizá-lo, e ele no chão de bruços, e ela com o facão na mão sentada no dorso lombar do seu agressor e fez dois golpes, superficiais, mas que sangraram muito, um em sentido horizontal e outro em sentido vertical e disse: filha da puta, essa é a tua cruz, a cruz que tu vai carregar pelos restos dos teus dias amaldiçoados. Tu comeu a minha mãe, comeu as minhas tias, mas tu não me come nem com os caralhos, só não vou arrancar os teus colhões agora que, ainda, não é pra tu morrer, eu não quero que tu morra agora, eu quero que tu sofras, carregues a tua cruz. Essa cruz que eu fiz em ti, eu, a Mariana de Açaiteua, a Caruá das águas profundas. Entendeu, seu filho da puta.

E tem mais: além das malvadezas que vou colocar como tua cruz, se um dia tu me olhar, eu furo teus olhos, como tu vai fazer isso é problema teu, o meu é furar esses teus amaldiçoados olhos que tanta maldade já viram. Tem mais, se um dia eu souber alguma notícia que tu comeu alguma mulher na força como tu é acostumado a fazer eu vou até nos infernos, mas eu arranco os teus colhões. Entendeu, bora, responde, entendeu?

— Sim, sim, me perdoe.

— Perdoar? Perdoar os caralhos, Caruá não perdoa, e eu te amaldiçoo seu filho de uma rapariga dos infernos, sorte sua que eu ainda não vou te matar.

E ela ia falando e fazia alguns pequenos arranhados com a ponta do facão.

Aos poucos ela foi libertando seu algoz e determinou que ele não olhasse para ela, pois ele morria de susto naquele momento, claro que seu rosto estava transformado, ela estava uma Caruá.

E gritando a Mariana disse mais e mais tantos outros pesos que estava colocando na cruz que estava impondo ao seu pai, e por final disse: escuta ai condenado dos infernos, tem mais peso nessa tua cruz, e são muitos os pesos, e não conta pra ninguém o que aconteceu aqui, senão o meu marido vai te matar e esse privilégio é meu, e não dou para ninguém. Inventa alguma coisa para justificar essa sangria. Diz que foi o Mapinguari ou inventa outra história. Mente, pode mentir, sei que tu não tem caráter mesmo, pode mentir!

— Virgem Nossa Senhora de Nazaré, valei-me Imaculada Conceição, estou chocada, o seu pai, o meu triisavô... o homem que construiu tudo isso aqui, construiu isso e destruiu pessoas... Ave Maria Mãe de Deus!

— Vovó, acho que esgotei a minha cota de escutar por hoje, eu já tinha ouvido falar de Caruá, mas nunca imaginei uma personagem dessa, mítica ou não, e essa me pareceu muito real, e aqui em Açaiteua de tantos Caruanas!

Vou me superar, isso mesmo, vou me superar e quero escutar mais, vou aproveitar sua promessa de contar tudo, porque tem perguntas que lhe fiz hoje e a senhora respondeu com outra pergunta ou de outra maneira, mas não respondeu, por exemplo, quanto o retrato da Carmelina que está aí na parede e como ela entrou no nosso grupo familiar?

— Você tem certeza que a sua cota diária de escutar ainda não se exauriu, você tem certeza que quer saber dessas coisas, o nosso grupo familiar tem muitas histórias, nem todas impregnadas com as energias negativas das Caruás, temos muitas histórias de Caruanas, óbvios todas impregnadas de xamanismo, eu lhe pergunto você não prefere que mesmo falando de Xamãs, não é preferível conversarmos dos feitos dos Caruanas?

— Não, não Rainha da Desconversa, não me pergunte, me responda, tá, desculpe de novo, querida vovó, se fui grosseira.

— Tá desculpada, eu mesma causei essa sua irritação, só espero que não se irrite mais, ou mesmo não durma esta noite.

— Conte!
— Não sei se devo!
— Conte!
— Envolve muitas pessoas...
— Conte!

Afirmou a Raquel pela terceira vez, e em todas elas, quando pronunciava a afirmativa, simultaneamente olhava para o retrato do trisavô que estava com destaque na parede da sala, bem próximo dos assentos onde estavam acomodadas.

— Sim, também envolve o seu trisavô e muitas pessoas habitantes deste universo!

— Conte!

— Por bem, ou por mal, com boa ou má intenção, equivocadamente ou não, mas o meu avô, o Manoelito Boiadeiro, não aceitou a possibilidade de a sua filha única casar com um vaqueiro, e muito mais um vaqueiro atípico, que só andava de branco, sem parente e aderente e que ninguém sabia de onde veio e se um dia fosse, para onde iria.

A sua reação ao saber que a sua única filha estava esperando um filho de um vaqueiro foi violenta, ficou exasperado, não obstante os dois jovens se amarem e estarem vivendo uma autêntica história de amor. O Senhor de Tudo não aceitava tal situação, a sua única filha esperando um filho de um empregado.

Mandou trazerem o Rafael na sua presença e determinou que esse abandonasse sua propriedade imediatamente, ordem que o vaqueiro se recusou a cumprir, disse que iria embora sim e de imediato, mas levaria a sua amada com o seu filho que estava no bucho dela, iria sim e imediatamente, mas com a sua amada e a sua cria.

A providência imediata do Manoelito Boiadeiro foi trancafiar a filha em seus aposentos, e reforçar a segurança da moradia.

Noite escura, sem luar, quando furtivamente vários homens invadiram a morada do Rafael e desapareceram com ele.

Simplesmente o Rafael desapareceu, a notícia que corria era que ele com medo do Manoelito Boiadeiro tinha fugido da fazenda e até da ilha.

A minha mãe, Flora, nunca acreditou que ele tenha fugido, que ele a tenha abandonado com um filho na barriga, nunca ela acreditou, nem ela, nem as pessoas que conheciam bem o Rafael, meu pai! Muitas histórias, muitos boatos, só isso, mas até já comentaram que o Rafael foi amarrado de cabeça para baixo em uma cruz que foi enterrada no lago central que estava enchendo, e como era um inverno rigoroso deve ter enchido totalmente, em poucos dias!

Durante a gestação, a minha mãe sofreu muitas represálias do meu avô. A minha avó descobriu que ele tinha planos de matar a minha mãe. A minha avó, com toda sua altivez disse para o meu avô que, caso acontecesse qualquer fatalidade com a sua filha, a minha mãe Flora, o fato seria atribuído a ele, e que a sua vingança seria terrível, e ele bem conhecia a minha avó, ele sabia que ela ia por águas profundas, ele sabia de que ela seria capaz. Vendo-se impossibilitado de interromper a gravidez pela morte da gestante, transferiu para a criança, que ia nascer, às perspectivas dos seus violentos intentos de aplacar seu terrível ódio, pela situação da filha única estar esperando um filho de um vaqueiro.

A minha mãe Flora, com o bucho crescendo foi proibida de sair de casa e era alvo de maus tratos orais, incluindo muitas ameaças, seu pai, meu avô, dizia que só não a matava porque a desgraçada da sua mulher iria lhe denunciar, ou mesmo se vingar, e ele tinha certeza que ela seria capaz de vingar o assassinato da filha, até com outro assassinato, ou lhe impondo uma pesada cruz pelo resto dos seus dias, mas sempre dizia que aquele desgraçado embuste que estava no bucho da sua filha, Flora, ia ter que nascer, tinha que nascer sim, mas para logo morrer, e morrer pelas suas mãos. E dizia: vai nascer para morrer, vai nascer e bem esmirrado, que não é para ter muita carne para enterrar, porque o cemitério do meu povo não recebe carne, só ossos, e que, quando a peste, que está na barriga da minha filha, nascer, vou estraçalhar com o facão, esse facão que amolo todo dia para essa finalidade, a desgraça vai nascer, tem que nascer para logo morrer, nascer pequeno, esmirrado e vou fazê-lo em pedacinhos. Isso sempre afirmava ao ato simultâneo de amolar o facão.

A minha avó, entre deliberantes debates com o meu avô, levou a minha mãe para Belém, e eu no bucho, para submetê-la a tratamento pré-natal. E no retorno, tomou conhecimento de acontecimentos não agradáveis que lhe causaram muita tristeza e ira, mas, como sempre fazia, se superou e tomou as providências que considerava que fossem necessárias, com as conotações da sua rigorosa personalidade.

Neste retorno da viagem de dois meses para Belém, ao saber que a Carmelina estava "de bucho" e que corriam os comentários que era do boto ou que tinha sido estuprada, a minha avó a chamou para morar na sua residência e passou a cuidar da sua gestação, igualmente como estava tratando da sua filha, a minha mãe Flora.

As duas pariram, a minha mãe, Flora, e a Carmelina, com poucos meses de um parto para outro, eu fui batizada com o nome de Tereza em homenagem a mãe da minha avó, e a filha da Carmelina foi batizada de Alice, só não sei se foi em homenagem, por vingança ou ironia, pois era o nome da mãe do meu avô.

Só mediante as rigorosas ameaças da minha avó, o meu avô continha seus instintos assassinos, e não assassinou a criança que ele tanto planejou matar, no caso, eu, temendo as represálias, da minha avó, e transferiu suas intenções assassinas para outra criança recém-nascida, a Alice. E dizia que matando uma matava um pedaço da outra, pois eram bem parecidas fisicamente e de fisionomias, bem como ambas tinham muito afetos da desgraçada da sua mulher e da sua amaldiçoada filha, Flora, e assim elas sofreriam de qualquer jeito, matando qualquer uma das duas crianças, o sofrimento das duas mulheres seriam o mesmo.

Nesse clima de tantas ameaças, a minha avó, Maria de Jesus, julgou que a melhor providência era esconder a criança Alice, muito mais porque ela sempre quis que essa criança nascesse para viver, e viver muito e com a melhor qualidade de vida. Esta criança vivendo, e bem vivendo, ela provaria que um inocente nunca é culpado da maldade dos monstros, então essa criança tinha que nascer para viver, e bem viver. Assim a providência foi para ela ficar na residência de um morador da fazenda, cuja morada ficava próxima do lago central, bem distante da morada principal, como também para dificultar que o Manoelito Boiadeiro localizasse sua pretensa vítima, falou para o casal que iria cuidar da criança, que seu nome era Fátima de Nazaré, pois a sua mãe era devota de Nossa Senhora de Fátima e de Nossa Senhora de Nazaré e que pela saúde da criança tinha feito promessas para essas Santas, que esse seria o nome da sua filha, e assim a Anjo Alice, até hoje, também é chamada de Fátima de Nazaré.

11

Eu, em nenhum momento, cheguei a nenhuma conclusão se ela é filha de algum ente das águas, ou do meu avô ou mesmo do boto como inicialmente falaram, quando a minha avó voltou de Belém, no período do pré-natal da minha mãe

A vovó, Maria de Jesus, pode ter contribuído ou não, mas sei que a Carmelina casou com o capataz Pedro e foram muito felizes. Ele foi o verdadeiro pai da Alice, ao menos assim, ela sempre o considerou, e assim, ele sempre se comportou.

A minha mamãe Flora sempre foi uma pessoa muito discreta, sem muitos falares e dizeres, não tão diferente da minha avó, nem elas, nem outros familiares, nas falas da família, expressam com clareza sobre a paternidade da Alice, para muitos, inclusive para ela, o pai sempre foi o Capataz Pedro. Eu, em nenhum momento, cheguei a uma conclusão se ela é filha de algum ente das águas, do meu avô, ou mesmo do boto como inicialmente falaram, quando a minha avó voltou de Belém, no período do pré-natal da minha mãe.

Sei, sim, que a Alice, é verdadeiramente a Alice, é a Fátima de Nazaré, mas, muito mais verdadeiramente ela é um anjo. É o Anjo Alice!

Até pode ser sido uma Caruana!

A Mariana era uma Caruá!

PERSONAGENS

Tereza
Raquel
Alice/Fátima de Nazaré/Anjo Alice
Carmelina
Capataz Pedro
Apolônio
Barreto Jr.
Barretão
Paulão Barreto
Mariana
Cacique Jassanique
Rafael
Flora
Maria de Jesus
Manoelito Boiadeiro

BIOGRAFIA DO ESCRITOR JOSÉ MARIA AZEVEDO COSTA

Sou neto da seca que foi madrasta dos meus ancestrais, por ela expulsos do sertão, por ter feito a costela da vaca aparecer, o porco parar de fuçar e o galo de cantar. Aqui, Pedro Cassiano Azevedo, cabra sem medo, cruzou com a Mariza Costa e geraram uma prole de 12 vertebrados racionais, dos quais sou o quarto, e cheguei às 5h30 do penúltimo dia, do quarto mês, do primeiro ano, da segunda metade do século XX, em Santa Izabel do Pará, no Sítio Porangaba, em um parto doméstico, assistido pela Dona Vicência, que estava equipada com bolsa e sobrinha.

Fui vivendo, crescendo com meus momentos lúdicos, que entre as aulas no Grupo Escolar Silvio Nascimento, e as de catecismo ia de um igarapé ao outro (Igarapé Jordão, Igarapé Pebinha...). E com o meu calção molhado e os pés sujos de tabatinga das cacimbas, ora subia o bairro Alto do Bode, ora subia o bairro Alto da Cabra, praticando as peraltices peculiares da idade e da época. À noite, assistia telequete no único aparelho de televisão da cidade, que ficava no clipe do "Seu Isaque"!

No início da construção da Belém-Brasília, do Papado de Paulo VI, reinício do Concílio Vaticano II, fomos para Icoaraci, onde ficamos seis anos. Conheci praia, catei caramujo, pesquei camarão e siri e nadei no rio Maguari, onde o anjo da guarda fez alguns resgates. Início dos *namoricos* pelas ruas do Bairro da Capina, Cigana, Agulha, Ponta Grossa, Paracuri... Praça da Matriz e no Ginásio Avertano Rocha. Foi um passo para os saraus do Pontão do Cruzeiro, entre outros; e os concursos de merengue nas gafieiras Buraco do Tatu, Sol Nascente, Oito de Maio, Tia Sinhá, e beber cachaça com limão e tirar gosto com peixe frito entre as danças de carimbó no terreiro do Verequete, Casa Porta Larga, na Sétima Rua, próximo da Travessa Maguari e Volta da Tripa.

No meio do ano de 1968, percalço, desandar financeiro, chegamos em Castanhal, já sem tantas castanhas. No último mês desse ano, três dias após vigorar o AI-5, tive a minha primeira carteira profissional assinada pela Companhia Têxtil de Castanhal – CTC, para pesar malva, comer muita poeira e ganhar meio salário-mínimo (era menor de idade). Fui sem medo e valeu.

Foram mais de 40 de labutas em empresas privadas, na área pública e em empresas mistas.

Formação acadêmica – Contador.

Marido da Raquel.

Pai da Márcia, do Cassiano, do Luciano, da Luciana e da Mariana.

Avô do Gabriel Amaral, da Sabrina, da Lívia, da Alice e do Gabriel Almeida.

Bisavô da Ágata e da Alícia.

Membro da Academia Itaitubense de Letras, membro da Academia Castanhalense de Letras, membro correspondente literário para o Município de Castanhal da Academia Paraense de Letras, membro da Academia de Letras do Brasil Seção de Bragança/PA. Patrono de uma cadeira na Academia Izabelense de Letras

Com 11 livros publicados e quatro inéditos, 46 músicas em parceria com o músico, compositor e cantor Manoel Osmeira.

OBRAS

SÉRIE ESCOMBROS:
Umas Histórias de José, Outras de Maria – Tomo I – Contos;
Umas Histórias de José, Outras de Maria – Tomo II – Contos;
Vila Esperança – Romance;
Branco – Contos;
Umas Endógenas, Outras Nem tanto – Tomo I – Poesia;
  Umas Endógenas, Outras Nem Tanto – Tomo II – Poesia — Inédito;
Anjo Alice – Romance;
Cazique Azerutan – E-book – AMAZON;
Saga de Nazaré Batista — escrevendo.

SÉRIE PAREDES NOVAS:
Tijolos de Castanhal – Tomo I – Historiografia de Castanhal;
Tijolos de Castanhal – Tomo II – Historiografia de Castanhal;
Falas dos Castanhais – Tomo I – Crônicas;
PORTA PRINCIPAL – A Educação – Ensaio;
Ipsis Litteres dos Castanhais – Século XIX — Inédito;
  Tijolo RAQUEL LEMOS – Historiografia de Castanhal — Inédito;
Falas – Crônicas — Inédito.

ANTOLOGIAS:
I Antologia Poética de Itaituba;
Cidade Velha Cidade Viva;
Antologia Literária Cidade;
Antologia da Academia Castanhalense de Letras.

REVISTAS:

Tijolos de Castanhal, n.º 1 para a Associação Comercial e Industrial de Castanhal – Editado com o Professor Severino Pereira Marques *(in memoriam)*;

Tijolos de Castanhal n.º 2 para a Associação Comercial e Industrial de Castanhal;

Memorial – 60 Anos do Colégio São José (Castanhal).

MÚSICAS

46 músicas em parceria com o compositor e cantor Manoel Osmeira.